相寄る家族

石井絹枝　歌集

青磁社

相寄る家族＊目次

故山 11
一足 13
雛の館 15
姑の眼 17
呉服問屋 19
ファッション 21
不条理 23
右左右 25
漁船十艘 27
軽井沢 31
遠き漁灯 34
故郷帰り 37
永子発病 39
野に逝きし父 43
踏み出づ 47
のみどは赤く 50

産卵の鮭 54
百姓一揆 58
瑪瑙の仏様（中国の旅） 60
ダム反対 62
吾亦紅 64
千の鵯 67
仕入れ 69
還暦の同級会 72
花の下道 74
うるむ灯 76
隠岐の「林間」歌会 79
雅之生まれる 82
子の家 87
川 船 89
年の瀬 91
夜 桜 94

倉吉東高 98
埴　輪 100
夫の眼 103
光もつ春 106
クラスメート 110
大　山 112
船　場 114
木村先生 117
消えし猫 120
姑の視界 122
鳥取砂丘 125
ヨーロッパの旅へ 127
大英博物館 130
ロンドン 132
エジプト展 135
スペイン、イタリア 137

スペイン広場 141
パリ 146
ゴッホ 148
店の客 153
修善寺 159
相寄る家族 162
三朝 164
中和村 167
原稿は 169
癒えし弟 171
シャボンが匂う 175
「はまなす」の終刊 177
アッ絹ちゃん 181
君の里まで 185
再訪は 188
もう帰らない 190

クラス会 193
母が来ている 195
今日の息災 198
極楽寺坂 202
緊　張 205
三歳零歳 208
ほかの命を 210
韮の芽 213
Ｕターン 215
平城跡 218
ひと世に添いし 221
鬼やんま 224
大正生まれ 226
幼日の謎 228
鰯　雲 230
頭より湯気 233

最高齢者　235
風　紋　237
早朝散歩　239
チューリップ隊　241
父さんとそっくり　244
八十七年　248
志一途　251
蜘蛛の子　254
米　寿　257

解　説　池本一郎　261

あとがき　274

石井絹枝歌集

相寄る家族

故山

二十三代　舅葬りて降りゆく故山は合歓の花盛りにて

摩利支天祀る祠もあるがまま去らむこの家に庭の草ひく

夫生れし部屋どの辺り踏み分けん葉にチョコナンと青き蛙子

紅葉はやちらほら見ゆる欅葉はふくらみている盆の休日

一足

手すり持つ姑と私の引き較べ拇指小指はがして運ぶ

重なりてともに転がる危うさにポータブルまでの姑の一足

支え持つまでの危うさ片麻痺の義姉が双の掌ふわふわと立つ

もろともに余命も握るごとくあり摑まる姑を腕に抱き上ぐ

雛の館

端正に見開くあまた人気なき雛の館にふと立ちすくむ

池に一杯切り落とされし百日紅終なる彩のかく華やかに

すり抜けて峠を降るオートバイなげうつごとく萩むらを行く

姑の眼

常臥しの布団に晴れ着重ねたる姑を囲みて米寿を祝う

甥、姪が持ち寄るコント潮騒のごとくにしばし姑の辺に寄る

九十年人を見て来し姑の眼が薄く開きて嫁我を見る

姑に合せて吾も歌うなり十五夜お月さん夕焼け小焼け

籠りいる父祖(おや)たちの声閉ざす家の雨戸繰りたり里帰りして

呉服問屋

水色のシートが包むビルあまた高窓に見る船場雨の日

呉服問屋消えし跡地は水色のフェンスが囲み空缶転ぶ

一斉に放たれし鳩はぐれしをねらう隼垂直にとぶ

岸壁に雌雄が抱く隼の卵を食ぶる烏けろりと

颱風は北に去りたる梨畑に家族ら寄りて落果を拾う

ファッション

セーター選びブレザー選びつつ客はひらひらとあり鬱を脱ぐらし

涙溜め来し女客スカーフのトパーズ色を選び明るむ

紫は今年のファッションぴったりの上衣がふわりとひとりを包む

不条理

月光の冴ゆる寒夜は凍死せし父の声して耳そばだてる

神官の衣服をつけてほのか笑む写真の父は冷えまさる夜を

不条理を笑い飛ばしていし母にひっそりと巣くいて癌太りいき

母親になり得ざりしを低く言いコツンと義姉が割りたり卵

コンピューターが操る千の鶏が無精卵生む今日もひたすら

右左右

踏み締めて立ち上がりたるひ孫なり歩み出でたり右左右

双の手を宙に泳がせ歩み初むひ孫よ行く手は視界を超ゆる

歩み初め喝采浴びている幼倒れて起きて歩むはひとり

漁船十艘

漁船十艘ばかりが舫う浜巨巌を背にして北海に対く

外波の高きを言いて引返す日焼けせし漁夫の小さき漁船

海波が洗い残しし巌ならむ奥処にひそと地蔵祀らる

天明の刻印もあり一群の童地蔵に供物の粽

信篤き瀧不動まで岩場道断崖の底波が泡立つ

スピードを競う若きら爆音が波状に責める海辺の宿は

鳥一羽獣一匹足跡の添いつつ続く風紋の丘

風紋を崩す足裏冷え冷えとかすかに砂の鳴る気配して

のぞき見る砂擂鉢の斜り埋め浜昼顔の蕾ふくらむ

明日は経済懇談会あるというホテルを辞して雨の坂道

軽井沢

道の辺は小川となりし雨の坂ほたる袋はやさしく揺らぐ

秘話あまた霧の中なる軽井沢山紫陽花に雨降りしきる

浅間嶺の噴煙如何に雨雲が峠をめぐる一日を閉ざす

重なれる黒岩ぐらりと来る恐れ鬼押出しに強（したた）かな雨

身を伏せて子や姑庇いし嫁ありき岩ひと塊をバックに収む

華麗なる秘話育むや軽井沢夏衣の少女霧にまぎるる

軽井沢駅前そば屋のそばうまし霧に滲む灯見つつ味わう

遠き漁灯

血縁に薄かりし叔母声しのび肩を震わせ痛みに耐える

よき妻に巡り合いしを言う叔父はベッドの横に皺の手伸ばす

遠のきし痛みの暇にねぎらいも感謝の言葉も述べている叔母

癒ゆるなき叔母が優しく礼を言う見舞の花は順に萎えつつ

開きたる本より跳びし鈴虫が玲瓏として部屋隅に鳴く

ふつふつと湧く思いあり香にたちてコーヒー次第に滴り落ちる

茜色次第に褪せる沖遠く漁灯次第にきらめき初むる

故郷帰り

開け放つ故郷の家に透り来る夏鶯の声の親しも

帰省して吾等は村のエトランゼ里人がきて境界を言う

杉丸太三本渡す渓川に目高群れ居り何時より戻る

永子発病

問いかける又問いかける惨きまで医師と看護師着衣裂きつつ

妻病むと認め得ぬ義兄雨の中ナガ子ナガ子と尋ねて歩む

桜紅葉が風なきに散る生死の間をさ迷う義姉を見舞う坂みち

出血の脳混沌と眠り継ぐ義姉なり酸素小さく泡だつ

癒えてゆくあかしか義姉に戻り来る感覚激しき痛み伴う

吾の手を握り返せり左手が義姉は確かにこの世にもどる

昏睡の義姉のぞき込みのぞき込む八十路半ばの姑は夜すがら

朝は喉夕べは舌に蘇る知覚が激しき痛み伴う

お茶の会主催を前に倒れたる義姉なり紅葉皆落ちつくす

野に逝きし父

裏白があれば仕上がる〆縄がぽつんと残る父の仕事場

裏白を探して山に迷いしよ背負い籠は雪を充たして居らむ

長女吾を恋い通い来し父なりき目元ににじむ泥の跡拭く

深山の闇まさぐりし跡ならん棺の指は祈りの形

人を恋いやまざる父が逝きし野に霜結ぶ音星の降る音

葬儀より戻れば今年もよろしくと父の賀状が混じりて届く

＊

卯の白もつつじの紅も眼に痛し峠を越えて舅の臥す家

幹に這う羊歯より雫落ち止まず帰り継ぐ子のなき旧家に

踏み出づ

立ち上がる迄の七月たゆたいて義姉が必死に吾を目指し来る

一足にまた一足に土を踏み命得し義姉家に戻り来

自らの手に病院のドアを押し義姉は踏み出づ九か月ぶり

久々に会う外気なれ掌の中に義姉の手熱く風におびゆる

カーテンの裾に死にいし蟬ひとつ触れむ手先に不意に飛びたつ

肩よりはあがらぬ腕の筋をもむ空に描く絵の彩薄れつつ

のみどは赤く

失禁の始末は自らなすと言う意識おぼろとなりつつ姑は

しばらくを駐車のミラーに映る月唐突に吾が射たれていたり

ひたと合いし視線外せぬ猫と吾くらぐらとして廃屋の闇

もうもうと崩されて行く隣家なりその方形の意外に小さし

隣家の消えてわらわら晒さるる吾が家の片側しどけなきまで

立ち上がるすべ甦れ自が脛に黙々と姑は灸重ねおり

順々に五指開くさえままならぬ姑に唄わんわが童歌

摑まりし両手震えて居し姑よ一歩出でたり一か月ぶり

わが運ぶ一匙ずつに唇を開く姑なりそののみどは赤く

物言わぬ母娘が病む部屋ひっそりと包みて音なく降る日照り雨

産卵の鮭

産卵の鮭がひたすら遡る腹裂く設備整う川を

温かきミルクに喉を鳴らしつつ米寿を祝う姑は乳飲み子

見の限り演技の花か花博に花守り人はひそと濡れつつ

籠り病む姑の枕に届くまで夕闇に鳴くツクツクホーシ

殊更にさやけき紅言う姑の視野外れつつ花百日紅

病み籠り部屋の段差を姑は越す吾の腕に未だ震えつつ

＊

海底に続く風紋追いゆきしカメラが烏賊の恋を見ている

北に向く飛砂に打たれてひたのぼる砂丘に見るは荒海ばかり

百姓一揆

首欠けの一体もあり六地蔵百姓一揆の史話薄れつつ

屯せし烏俄かに飛び立てり一揆に滅びし村の跡行く

実り田は風にひそひそ揺れており一揆の跡に家一つなく

二万余の一揆が滅びし国境陽の照る平を峠に臨む

この一揆指揮者は実母の先祖とや牧家を統べて一族はあり

瑪瑙の仏様（中国の旅）

美しく青き地球に国境は見えずと宇宙飛行士の言

一時間の時差を飛び来て中国の藍深き地に落ちる陽を見る

温かく中国民家に迎えられ日支事変の過ぎ去り疼く

南国に拝みし瑪瑙の仏様苦渋の吾に御手借し給え

豊かなる大地の二毛作羨(とも)しめば労働の厳しさを言う上海農婦

ダム反対

生垣に赤芽柏が萌えているダム反対を掲ぐる家に

ダム事務所も反対掲ぐ家々もともに古りつつひっそり並ぶ

梅若葉五月の空に透くばかりやがて湖底となる広庭に

吾亦紅

息荒く駆け込む幼広げたる掌に雨蛙ぐったりといる

再会を彼岸に約し隣家も我が家も閉ざす故郷の家

梅干しやラッキョウの壺を積み込みて子は住む町に移り行きたり

山裾を廻れば燃ゆる彼岸花墓地へ通ずる故郷の道

乱れ咲く野菊も摘みて供華とせむ無沙汰を詫びる故郷の墓地

吾亦紅添えて手向けんなぞりゆく墓碑に少女の文字が顕ちくる

泉水もついに涸れたり春までは帰らぬ家の舞良戸(まいらど)閉ざす

千の鶫

華やかな閉店セールスーパーに急ぐ人並みわが店に見る

寒気団高空に来ていっせいに千の鶫南へ帰る

ひと夏を閉ざしてありしわが家も隣の庭もコスモス揺るる

父母よりも長く生きたるゆえに来し神経痛と姑の言い出づ

仕入れ

最終の列車に乗ると来し駅に腹這いて塗る職人を見る

ゴソゴソと袋の物を食う女ときおり視線鋭き夜の駅

馴染みなき町のラッシュに紛れいてにわかに近き警報を聞く

屯する女等マニキュア濃き指にポーズを取りて煙草操る

仕入れ終え横切らむとする十字路にけたたましくも救急車来る

ひと夏を集めし金で仕入れ終え揺れる夜汽車に身を委ねおり

還暦の同級会

還暦を迎えてなにわのクラス会初恋等も話題となして

肩書を忘れてはしゃぐ社長なり一つ決めたりその皿踊り

分校を出でしが里に得し特技どじょう掬いに喝采の湧く

故郷を捨てし痛みも淡々と話題となして誰も還暦

去年会いて鬼籍に入りし友ありき花輪基金も会費に添える

花の下道

百までも生くると常に言いし父臥しいる時の多くなり来ぬ

着ぶくれて父がおぼおぼ歩み来る梅一本が花の下道

長々と話し終えれば耳かざす父はにっこり聞こえぬと言う

吾になき若さが砂丘駆けのぼるポニーテールの髪をなびかせ

ようように青色申告書き終えて春めく海の磯に親しむ

うるむ灯

言い捨てて一目散に駆けてゆく少女の髪に春の雪散る

病臥する一日をしきりに這い寄りて頬すり頬打つわがみどり児は

不器用に支える父に呼びかけて新生の児が身を染めて泣く

はりつきし霧が雫し窓伝う長距離バスの客は黙して

バスに過ぐ夕霧の街うるむ灯が五層十層宙に浮き見ゆ

夕霧に潤みて無数の街灯り優しきままに都市も濡れつつ

新装の成りし歯医者の代替り診察室にジャズの流るる

三十年寡夫なる父がのぼりゆく母の墓処へ杖を頼りに

隠岐の「林間」歌会

鬼ヶ島・摩天崖あり洞窟の奇巌あやしき色にひそめる

海の洞深々として壁妖し後醍醐帝も島守なりき

蕗三つ葉痩せて伸びおり十九年配流の上皇御在所跡に

余すなく吸いたし総身に言霊の溢れて木村師歌説き給う

甲板に額を寄せて聞く歌論隠岐路に触るる人らと共に

＊

ふわふわと吹かるる如き濃紫夕光負いて小さき姑来る

弱き姉守るを課して葱刻む姑は厨に漂うごとく

雅之生まれる

握りいるわが手の平に爪を立て嫁が耐えおり産み出ださんと

陣痛は激しくグラフに揺れ動き子の脈拍は小波を保つ

母も子も痛みを分かち生るるらし子の心音も乱れて映る

子の心音母の陣痛測られて若き医師の眼は光帯びゆく

陣痛と睡魔交々襲い来て額にこぼれし髪がはりつく

音高く手術室のドア開かれて男子出産と声透り来る

双眸を開き唇紅き児の肌赤黒し白布の中に

生れ出でし二六四〇g人間世界にうごめき初むる

新生の児が動くさま見て飽かぬ血縁五人に透くガラス窓

労いに応えにわかに盛り上がり嫁の瞼に溢れ来るもの

男児生る夜のやすらぎに見るテレビ核も麻薬も映されている

雅之と名付けて祝う赤飯の湯気盛んなり朝の厨に

生れし児に何を賭くるや夫と子が辞典片手に名の定まらず

赤ちゃんを描くと幼き姉貴子顔赤く塗り皺を描き副う

子の家

スイッチの何れを押さむ子の家に闇をまさぐる吾は客人

霧淡くおおう山脈越えて来ぬ萩の花群さわぐ故郷

颱風に屋根の一角崩れいて故郷の家に瓦散り敷く

川船

花嫁を積む川船が遡るコスモスの花揺るる日和日

ひっそりと酵母は息づきいるならむ蔵の白壁かがり火に浮く

声低く終焉までを語り継ぐ友の瞳になお夫ありて

癌告知受けての後を語りつつ友は遺影の夫を見上げる

ほのかなる粽の香り時雨散る平家部落に熱き茶含む

年の瀬

来る年も商いするか廃業か集金状況測る年の瀬

わがバスと同じ速さに走り来る月かと右の窓越しに見る

直立し小学唱歌を唄い継ぐ米寿の父の頰染まり来る

語り合う友ら相次ぎ先立ちて淋しき父が今日も訪い来る

季違う鶯かぐら二三輪咲き震えつつ風と雪来る

蕗の薹探る手に触れひんやりと蛇の頭が雪野にのぞく

ガラス戸を透す冬の陽身に浴びて半裸を喜々とみどり児が這う

正解は十二人目の医師なりき命保ちて三十年を過ぐ

（絹枝　脳神経麻痺）

夜桜

錆びて剝げて港に舫う漁船なりスパナを持ちて男乗り込む

綻びも見せぬ白さに巡視船疲るる漁船に離りて舫う

限られし命と知らぬ母と来て坂の夜桜振り返り見き

夜桜は灯にほのぼのと白かりき呟くように母は賞でしが

癒ゆるなど何度も嘘を並べたる吾にも遺影の母は微笑む

縋りつく眼に癌なるか問いし母ありありと三十余年を経ても

帰り行く父が背中の覚束な母逝きてより三十年を経ぬ

吾の辺に居眠るのみに訪ね来る父は七里を歩みて乗りて

音もなく五階の窓辺を降る雨に直ぐなる糸の時に輝く

わが活けし黄の花尋めて来し蝶が窓のガラスに体当たりする

倉吉東高

甲子園初出場の東高春に先がけ街は沸き立つ

「福は内」連呼して撒く豆のわが頬に飛びしをかしこみ受ける

縁者とは有難きかな故郷の廃屋のめぐり草引かれおり

建ちてより百二十年、無住にて約二十年　故郷の家

風化してはや頼りなき雨戸操る渓渡る風を招かんとして

埴輪

底深く縄文土器群ひそみいて潮の香含む砂粒の重み

古代なる貴人の遺跡掘り返し汚水処理場の現成りゆく

砂を出し埴輪の色も鮮やかに古代への夢膨らみやまぬ

梢高く百舌の巣らしきものありて二の沢降る風の鋭し

土の香も草の匂いも失いし病む叔母の肌臈たけて見ゆ

持ち札は読み上げられし当たり番を危うく外れて初春の福引

初釜の湯音かすかな部屋包み雪降り出でて庭木に積もる

永き病くぐりし義姉に導かれ初春の茶事かにかくに終ゆ

夫の眼

老人はホームに送り廃屋に匂い放ちて桐の花咲く

静かなる関門大橋の夜明けなり眼下につつじの今花盛り

春雨に濡るる白壁夕暮れの倉敷市街を夫と歩くも

雨降りは農婦の休日わが店は昔語りの宿となりおり

朦朧と闇に覚めつつ来る痛み抱え労わる夫の眼に会う

骨折を庇うと胸にコルセット六十なれどわがスタイルは

下り坂駆け過ぎてゆく少年のジャンパーの肩火の匂いする

石壁を伝いて既に褪せし陽のぬくもりに暫し背をあずける

光もつ春

しんしんと闇の包める立山に星降り人の声あたたかし

木蓮の白ほのまるく点りいて漂い初めし闇にまぎれず

逆光の春の鏡に溜めている梅雨の湿りをきしきしと拭く

動くもの皆光もつ春なれやそよぐ木の葉もさし伸ぶる手も

杭の影折れて揺れいる水底に空あり藍の色に耀う

片なびく尾花のひまにひっそりと集落のありバスの過ぎゆく

漁火を等間隔に浮かべつつ空もろともに海は暮れゆく

薄ぐもる京の光となりし川流れつ群れつゆりかもめ浮く

何処まで続ける基地か金網に沿いつつめぐる雨の沖縄

クラスメート

粧わぬわが映りおりあたふたと今し駆け寄る夜汽車の窓に

また一人クラスメートの訃を聞けり黙々として重きわが箸

老い初めし掃除婦二人たたずみてビルのシャッター静々あがる

卒えてより半世紀とぞ真っ新の小学校舎を訪うと八人

被写体の八人がとるポーズ分け風は老木のさみどりに鳴る

大山

ちんまりと臥薪地蔵が並びます走り雨には斜めに濡れて

地も屋根も蓮浄院は風の中『暗夜行路』も古典となりて

二の沢に仰ぐ岩壁にひれ伏しし大山僧兵三千偲ぶ

船場

ひしひしと吾は一粒梅田地下午前八時のラッシュに押され

自が域を出たし出たしと割り落とす卵の黄なる球の危うさ

同じ皮膚持つ異国語が溢れおり仕入れにと来し春の問屋に

黙々と菜箸運ぶわがめぐりはずむ異国語輝く眼

窓越しの陽に歩み寄り髪長き乙女柔らに語り出づ比語

服の背に描きし漫画と連れだちて歳晩の壁仕上げる左官

木村先生

癒えて穿くスカート注文せし客に香を手向けるあれより十日

花柄の美しきを好む客なりき頭を垂るるひまわりの花

紅白の梅が浮くごと花なりき木村師をわが初に訪いし日

子育ての痛み生まれぬ短歌の吾聞き給いしよ父のごとくに

鼻梁高く在ししと聞く終の顔閉づる瞼に顕ちて厳か

葬送の後姿いたく細かりし苑美先生胸塞ぎ聞く

消えし猫

故郷の家を閉づると決めし夜の足に擦り寄る猫ほの温し

舅の荷と共に移りて来し猫が幾日住みしか街のわが家に

声が似る姿が似ると呼びかけて闇のおぼろに消えし家猫

春厨秋味噌蔵の毀たれて冬に入りゆく故郷の家

姑の視界

シベリアより来し白鳥か同じ田に今年も草を食みいる姿

バタやんの歌に誘われ頓狂にスットコドッコイ病み長き姑

吸い飲みの薬湯喉に落ち難く激しき咳が姑を苛む

眼薬を落とせば素直に瞬きて姑の視界は八畳を出ぬ

六年臥す義姉の口よりこぼれたる「世話になったわ」いたく素直に

轟きて雪起こす雷常臥しの姑が薬湯ふふむ静寂を

呆けたる親の絞殺告げている音量絞る真夜のラジオに

鳥取砂丘

炎熱の砂丘に演習繰り返しサイパン島に果てし叔父はも

サクサクと砂丘踏みゆく幻の鳥取連隊耳底に聞く

過ぎ行きし跡の変容しなやかに飛砂が掠める砂丘踏みゆく

訪う度にテープを止めて常臥しの姑義姉が外界の話題促す

心病む人にもらいし蘭の株初芽直ぐ立ち蕾ふくらむ

ヨーロッパの旅へ

青黒き山脈唯に白々と雪を載せおりウラル山系

アルタイの山脈に沿い迂回するエニセイ川は長き白蛇か

共産の思想溶け初むるシベリアに春は未だしレナ川凍る

エリツィンの統率世界が危ぶむもシベリア固く氷に閉ざす

頂は唯に尖りて見の限り雪真白なるアルプスを越ゆ

赤い屋根白壁そして緑の樹色彩豊かなロンドン眼下

大英博物館

くぐまりしままのミイラが五千年ロンドンに来て生還できず

バーの跡パン屋の跡も見るポンペイ二十五世紀さかのぼりつつ

議事堂、監獄、裁判所ありポンペイにローマ文化を今に偲ぶも

ロンドン

底ごもる祈りの声を聞きながらウエストミンスター寺院を歩む

芽吹き初めたるハイドパークに佇みてサラブレッドの騎乗を仰ぐ

ロンドンに拾いし車の運転手マニキュア、イアリング、ショートカットの美女

イギリス人に舌はあるのか寂寞とわれは嚙むなりイギリス料理

盗まれし朝食を言えば郊外に遭いたる掏摸を語らうロビー

あんず咲く下に野菜の手入れする農の夫婦ありロンドン郊外

エジプト展

内臓を取り出し脳漿抜き取りてエジプト王者はミイラに残る

丁寧に巻かれし包帯赤茶けて仮面が覆うミイラのエジプト王

細密な絵画に象形文字重ねエジプト王の石棺記録

石棺を浴槽にせしローマ人強者の傲慢苦笑を誘う

スペイン、イタリア

ミロ、ピカソ、ダリの揺り籠ガウディを聞きつつ巡るモンジュイックの丘

モンジュイックの丘に見下ろすバルセロナガウディ美術にしばしをひたる

スペインの三百日は晴れと聞く機上に見る農地モザイクに似る

過ぎ来しの日も茫々とパリ街に夫と真向かいエスカルゴ喰ぶ

世界より集めし富を偲ばせて豪華建築並ぶスペイン

休息を楽しむ人と群鳩に構えて立てるドンキホーテの像

イタリアの農地は手入れの行き届きオリーブ大樹に銀なる芽立ち

盛りなる桃の花畑しばしばも見つつ歩めりナポリ郊外

再来の期待をもちて後ろ向きトレビの泉に硬貨を投げる

スペイン広場

昼夜なくスペイン広場に構え立つドンキホーテとサンチョパンサは

森閑と昼を閉ざせるバルセロナ灯りし街に人等溢るる

拓きては登り拓きて又のぼりスペイン耕地山の上まで

深く渋き色彩にその妻描きあげしゴヤを思えりプラドに立ちて

ベラスケス描きし王女は明暗を塗り分け気高くあどけなかりし

ま盛りの桃花梨畑オリーブ園ポンペイ目指す道に眺める

子を殺し飲み込むゴヤの「サトールヌス」見開く男何を見つめる

冷やかに「カルロス四世家族」見るゴヤの顔あり画面暗部に

恐怖、怒り、絶望、諦め、見開きし「サトールヌス」が其の子喰うぶる

コロンブスが出帆をせしバルセロナ港に船は意外に小さし

裸のマハ着衣のマハを並べ見る魅惑の姿態包む光に

壮絶なゴヤの晩年「これでもわしは学ぶ」双手の杖に両足で立つ

パリ

ゴミあまた吹かれ仮住むジプシーは浪々の民　故国を持たず

慇懃な礼に応えて暫くは被写体となるジプシー親子

道端に乳房含ませいしジプシー立ち上がりざま変身し掏摸

行きずりのえもの仕損じうずくまる掏摸の母子に国籍のなし

盛りなるミモザの陰の工房にカメオの虜となりて旅人

ゴッホ

脱ぎ揃えし「靴」より匂う泥と汗明かりに置きて描きしゴッホ

身を弓に反らせてゴッホを支えいる「テオ」に捧げむ「よきサマリア人」

浮世絵に「アルルのはね橋」重ね見るゴッホの絵にいる洗濯女

コバルトに「アルルの黄の家」響き合い照り合いているゴッホとゴーギャン

髪を剃り耳を切りつつ自画像のゴッホ激しく自が目見つめる

斎場の中なるゴッホ「種まく人」筆の旋律彩のリズムに

「サンレミの狂院の庭」黒ならず赤ならずありもだえるゴッホ

燃えあがる黒き炎か「糸杉」はゴッホのロマン「夜の星の道」

細やかな筆触確かなリズム持ちゴッホの「アルルの桃の花盛り」

麦畑の黄金もろともうねりつつ郷愁しきりなるゴッホの鳥

華やかな「夜のカフェテラス」星空の妖しき魅惑がゴッホより来る

壮大に渦巻くゴッホの「星月夜」黄なる月光切なきまでに

店の客

店主店員合わせて二人のわが店を主張を掲げ労働歌過ぐ

揉みしだき爪を染めたる紫蘇の色匂えば逝きし母の顕ちくる

打撲の背夫に任せて湿布貼る押えし掌より温もり伝ふ

父の日のプレゼントなるスポーツ着が裕の名前で贈られて来ぬ

暑き日に訪い来し友は歌集置き言葉少なに帰り行きたり

村尾和子さん

難疾の夫抱えいる店の客重なる掛け金を漏らして帰る

気晴らしに話しに来るか老盲人支えになればと言葉を選ぶ

母に去られ黙しがちなる幼客十円のおまけに笑顔を見する

贈りたる花の返しか店の客一番成りと西瓜持ち来る

アスパラの伸びて靡くを手折り来て一人の部屋に活けてよろこぶ

無造作に言いて別れの手を伸べぬ嘘の重みの満つる病室

籠の鳥小さく羽ばたく気配して森閑とありこもり居の昼

かそけき夜こもれる吾に嫁ぐ娘は近況語るその目見ており

わが家を改築すると決めし子の対くる眼よ予断許さぬ

アイロンを掛くる白絹に落したる涙ひっそり乾きてゆきぬ

『白木蓮』は浅村八重子さん第三の歌集にて県の文化賞うく

修善寺

頼家の嘆きをたどる修善寺の地層より水噴き出で落ちる

地層より溢るる水を踏みてゆく頼家ゆかりのここ修善寺に

母が抱く殺意知らずや頼家は頬ふくよかに画像若かり

頼家が憤怒に膨れて真二つの面がたたえる闇ぞくろぐろ

源と北条の血がせめぐかと桂川雨斜めなる水面見て立つ

忘れ得ぬ出会い再び修善寺に拾いしミモザの種子を忍ばす

相寄る家族

「母さんはこんなに小さかったんか」荷を肩にした子が先に立つ

地も家も揺るがすごとく春雷の過ぎて夜更けを相寄る家族

この春はどのように来る野にツンと頭のみ出す蛇の目に逢う

合わぬ歯を宝のごとく包み置き常臥す姑が蜜柑吸いおり

雪冠る木の間ひそかに昇る霧淡きを土の吐息とおもう

三朝

自ずから光を発たすごとくにも灯りを砕く夜の三朝川

同宿の客に挿話を聞きし夜の夢に現れ物言わぬ夫

天皇のお泊まりと聞く別館の背を昇る湯気異変のごとく

降る雨に根雪溶けんか泡立てる白き川瀬は雪と見紛う

雪を招ぶ風が裸木を渡る夜小鳩の声が気忥く届く

滴々と窓辺の雫秒針と降りみ降らずみ水雪ひと日

中和村（ちゅうか）

緊張とはにかみ混じえて掲げられ遺影の叔父さん何か言いそう

春彼岸ぬるむ日射しに蜜を持つ渋木の花を墓に供うる

自然石、刻字減るあり戦死あり祖々四十余の墓碑にやわら日

白々とふくらむ辛夷冬晴れの山に確かな在り所を見せる

原稿は

日焼け濃く首に残れり化粧して二十歳の孫が振袖に立つ

盲目の梯剛之のモーツァルト曲わが細胞にほろほろ染みる

自の余命知りて司会の市原氏微熱ありしを今にして聞く

「原稿は市原宛に」とありし文字　宇宙へ逝かむ際の編集

仏像を日々彫る指の太きかな組みてほぐして庵主は語る

集仏庵

癒えし弟

埋もれて四百四十年発掘の池に逆さの篠脇城址

「妙見」を「明建」として遺されし古今伝授の里にあでやか

とり囲む草の穂先を通う風篠脇山荘に芋穴のぞく

芋穴＝施設内

名越さんの声も言葉も頭つように八重の梔子はんなり白い

事故の傷癒えし弟の茄子、ピーマン弾けるような実りを貰う

送り来し鰆の味噌漬け肴とし子のスナップとビールで乾杯

肩を越す朝の光に浮き出でて煙のような少女の産毛

腹這いて漸く覗く東尋坊遥かな底がチラチラ暗い

暴れん坊突き落とされし謂われかと東尋坊にぐっと目眩む

旅の間の地震に割れしガラス棚留守を嫌いの夫でありしが

姑と義姉を十年余り看て送り気づけば真向かうわが時がある

シャボンが匂う

制服の少女らと立つ朝の駅葉擦れの風にシャボンが匂う

「運命を鑑定します」留守の間の郵便受けに投げ込まれおり

慰問する施設の老もうるうると声を合わせる童謡舞台

にぎやかな中学生の笑い声初霰来しベランダに聞く

「はまなす」の終刊

半月を頼りに歩む川沿いを無灯火自転車すり抜けて行く

「椎の実だ」いや「どんぐり」と言いながら清水坂に落ちる様見る

屈まりてどんぐり拾う人の背に楓紅葉が降るように散る

冬枯れの草生に立ちし野兎と目線合いたり一瞬のこと

大山の闌けし紅葉に雪の霧早や重たげに梢にたまる

「はまなす」の終刊なれば宛名文字名残を惜しみ楷書に記す

初給料で求めたりとて捧げこしベコニアの鉢をいずこに置かむ

一人住む家の土台を揺るがして隣のマンション基礎の成りゆく

この母と喧嘩もしたと葬の日にこぼすよ八人兄弟長子

熱々の鯛焼きかかえて来し客がとめどなく言う初孫のこと

アッ絹ちゃん

二輪目のカサブランカが咲いており雪降りしきる玄関内に

裸木の梢に透明ビニールが鳥の精とも見えて羽ばたく

「アッ絹ちゃん」観音市の人混みに呼ぶ幼どち竹笊かざす

「手作りの飴だよ美味いよ」呼び声に「アチチ」と友とつまむ縁日

今日限りの命と聞きつ三日三夜叔母のかすかな息をうかがう

痙攣に細る命を励ましてその子が母呼ぶ繰り返し呼ぶ

梨や米一生作りし叔母の葬そこら一杯犬ふぐり咲く

さしかかる坂より膚を刺す風に離郷果たしし舅思いやる

峠道をのぼり切りたる高原はどっさり雪を残す故郷

君の里まで

ホースよりにわかに自由を得し水が噴く噴く空に輝きながら

繰り返し下降果たして餌を得しや鳶が夕づく空に紛れる

亀の足盗み食いしたスッポンが隔離されおり土塊のごと

自死遂げし君の里まで二時間余来たりて人にも猫にも会わず

石垣を積みて造りし渓の田にスイバの赤穂が高く揺れおり

旦元と重成なりき『桐一葉』共演せしもはるかとなりぬ

握る手も汗ばむ程に頼られて貴女に何を応えたのだろう

青深きダム湖に枝垂るるタニウツギ　十二で自死の君の故郷

再訪は

空の謀反水の謀反の危うさに木曾三川の輪中は緑

濃緑に千本松原くねりおりデルタが大地になりたる時間

再訪はきっともう無い酸い、甘い、花の最中のコーヒータイム

一か月寝たきりなりし弟が陽に透く青葉背に歩み来る

卯の花が白く垣根に咲いており佐佐木信綱の旧居訪う

もう帰らない

少女らにさっぱり解らぬ「鉄条網」山下清は昔の絵描き

平成の少女らたどたど「高射砲(タカウチ)」とう山下清の貼絵見ている

極小の色紙ぎっしり貼り合わせ清の一瞬「長岡の花火」

声低く静かに物は言い出でぬ院展の絵に描かれし少年

「四チャンネル」宇都宮よりの子の指示にフリードリヒの独奏を聴く

唇に曲なぞりつつ弾き出でしフリードリヒの辻馬車の歌

片足を僅かにひきつつ舞台去るフリードリヒはもう帰らない

クラス会

二つ三つ病持つ息災を披瀝して近況述べる喜寿のクラス会

爆撃も受けたね弾雨もくぐったね飢餓も思い出レモンを搾る

死者、傷者一人もなかった奇跡言い　今更ながら教師に黙禱

集まるはもう限界の声ありて喜寿のクラス会忽ち潤む

蛍飛ぶ森は護国神社の跡なりと聞いてうなずく戦中学徒

母が来ている

置物かいや本物と指す亀がズブリと沈む寺の蓮池

駅の階登るに難儀な手の荷物つと持ちくれし中東の人

ひそひそと小花の紫庭隅にジュウニヒトエが実を結び初む

捥ぎたてのトマトを掲げて亡き母が輝きながら来ている晴れ間

河鹿鳴く三朝河原の湯に行くと帰省子がまず湯桶を抱う

霧動きくちなし匂うこの夕べ名越絹子さんをしきりに思う

会わず語らず一日過ぎしと思う夕昆布に熱き茶を注ぎ飲む

今日の息災

父と来て耕し母と桑摘みし畑はここらか山に分け入る

蓮華田を背にゆくかつて憧れの少年たりし君の葬列

唐突なクラスメートの死につどい夫々に言う今日の息災

もしかして亡きかの人に逢えるやと巡る四国路山野不愛想

旅立ちの切符を忘れし駅頭に駆け来る夫よ夢に覚めたり

すがりては咲きのぼりつつ藤の花一樹をこえて行く先探る

四十階に見おろす若葉の浜離宮風の森より鳥飛び出す

よどむなき人等につき行く地下街にさて私の方位はどちら

一畳のベッドを出でず仰臥するめぐり真白に姑の八年

むずかれば生みし子のごと宥めつつ姑を看取りて故郷守る

極楽寺坂

乗り換えは東京駅の筑波行き目眩するほど上がり下がりする

独り身は最後の孫と夜を飲む筑波の夜の低き語らい

咲き満ちし枝垂れ桜を仰ぎゆく極楽寺坂に陽の照り初むる

独り居に失せものなしと言いながら五か月のちに腕時計あり

「ばあちゃんの」右手に掲げ二歳児が真直ぐに来るヨチヨチと来る

何やかやひっくり返すが特技なる幼の手柄腕時計出づ

アイシャドー、アイラインなる法相が今日立ち会いし死刑執行

緊張

真夏日をいよいよ勢う百日紅蝶が来蜂が来風が撫でてゆく

赤ん坊、幼子、犬も抱かれて紅ズワイ蟹の船団が発つ

船団と埠頭をつなぐ紙テープ大漁帰港を期して伸び行く

電線に燕幾百集いおり南帰の朝か只ならぬ意気

呼び合うか飛翔ためすか燕等の緊張ピリピリ身に伝い来る

萌え出でし春菊の上に果てている黄蝶如何なる一代なりしや

帰郷せし少女が灯す絵蠟燭掲げる写真に何を語らう

三歳零歳

あの鳩を捕えてくれと泣きし子が三歳零歳二人子の母

未だ地を踏まぬ赤子が這い寄りて泣き止まぬ姉しきりに撫ずる

積雪に椿、梔子圧され伏す庭に山茶花瞠るが如く

足病めば葱や人参大根と差し入れ多し人の温とさ

ほかの命を

ギプスはめ車椅子にて押されおり俄か不具者となりてうろたえる

足病めば耄碌せんか金持たず送金すると局に来ており

友の弾く単音ピアノ童歌クラスメートの四人が合わす

特攻機「彗星」仕上げし十八歳危うさひもじさ皆懐かしき

焼夷弾消さむと担ぎし火叩きの重きもスリルなりしよあの日

生きるとはほかの命を貰うこと肉も魚もしらしらと食ぶ

韮の芽

ふふみ噛む銀杏御飯ボランティアの温き心を舌にまろばす

神様は知らぬ孫なり送りやる天満宮の合格祈願

一斉に緑を萌す韮の芽が去年の枯葉をつんつんと抜く

Uターン

首も手も足にも激しきこの痛み帰郷する子にわれは寝たきり

にこやかにUターンしたる息子夫婦涙こぼれて言葉とならず

漸くに立つ両の足震えおり握力なき手を息子が握る

四十二年経たるUターン子が手折り夫に供える矢車の花

この椅子に座りて履けと左右の靴並べて吾を待ちており子は

曼珠沙華畦に盛りの秋彼岸夫の墓処は十里を隔つ

供うるは赤飯とせむ一合の小豆ふっくら煮上がるを待つ

コツコツと脛長き娘のハイヒール試歩の私をリズム良く過ぐ

平城跡

はつ夏のみどりめぐらす大極殿青白朱の色ひたにまばゆき

仕上げたる先人達の知恵と修羅石舞台にて息長く吐く

現代の宇宙行のごとちんまりと遣唐使船のレプリカ置かる

波まかせ吹く風まかせの遣唐使平城遺跡に文献を読む

千三百年昔もかくやはつ夏の飛鳥に透る鶯の声

歳足せば三人で二百四十六奈良の旅ゆく座すこと多く

ひと世に添いし

意識なく点滴をもて生かされる叔父の口髭日々に伸びるも

すがすがと身仕舞なさん齢に入り捨つべき和服洋服くくる

読み返さん尋ねてもみんなスクラップ、写真、反古などなど身のまわり

鍋、薬缶、茶碗、小皿ら捨てに行く我のひと世に添いし一つか

癌手術終えし娘の里帰り顔色を読み声音をたしかむ

部屋に置く時計は一つ六時前ほかの一つは六時を廻る

衛星の「隼」発射を見つめおり現世を離る齢ながらに

鬼やんま

空き瓶に帆船組みゆくピンセット操る子の指の太くたくまし

水面に瞬時閃く銀細し鮠か鮎かも深き青空

古里でまず開きたる雨戸より入る鬼やんま素早くくるり

大空に映ゆ朱の花と思うまで郷の其処此処鈴なりの柿

大正生まれ

残されし時はいくばく大正に生まれし友どち四人が揃う

竿させば届かむほどに半月のかかりてくろぐろ町屋根沈む

予期せざる齢を長らう日々にして蟹汁ふうふう吹きながら吸う

焼銀杏つまむ息子が散策に出会いし水辺の翡翠を言う

幼日の謎

遺歌集の『鳥取砂丘』ずしと受くまっ直ぐな声耳にもどり来
明石菊江さん

バラ色の袖なしセーター着た犬が女あるじを曳きてくるなり

米寿なる歳が過ぎゆく音かすか秒針零時を越してするする

節穴を抜けし光に輝りて舞う埃なりしよ幼日の謎

乗り合わす客車に飛び交う手話の中ポツンと一人吾ははずれて

鰯雲

これはみな嫁が育てた花ですと黄や朱の花を仏に活ける

ふっくらと煮上げむ小豆の火を細む初曾孫くる琴子一歳

嬰児を抱く通勤労えばその母にっこり抱ける幸言う

伸びやかに鰯雲あり氷片と聞きて思わず襟元さむし

隣家の庭にぽわんと佇つ狐人ら指さしうろたうしばし

十六羽円陣なして軽鴨は何の会議か秋の陽穏し

頭より湯気

小盃に三ヶをカチッと鳴らし飲む家族の夕餉新春を祝ぐ

冬晴れの町をジョギングで一巡り子は半白の頭より湯気

特産の松葉蟹寿司七草の汁添えられて正月七日

節分の朝戸一番に訪いし友紅梅の蕾とこぼれる笑顔

雪解して杖の歩行も叶いたり理髪、通院、買い物も遂ぐ

最高齢者

椅子の背を摑みて漸く立ち上がる吾は一族の最高齢者

眼前の五階スーパー毀し初め何時果つるやら日毎の轟音

三軒の大スーパーに囲まれて漸くに在るわが小商い

山頂を二度極めしは高校時　伯耆大山落日に染む

風紋

点々と砂に人在り右手には唯茫々と拡がる砂丘

夜の風の足跡見んと薄明に友を誘いて砂丘を覗く

リズム良き盛り砂の高低連なりてはやも小鳥の二羽踏みし跡

高低もリズムも優し見の限り一夜の風が刻みし風紋

早朝散歩

川沿いの早朝散歩を日課とし白鳥、軽鴨、鯉に親しむ

盆三日賑わいおらん仏壇は桔梗、女郎花たっぷり活ける

侘助がひそとふくらむ冬の庭定年帰郷の子等夫婦待つ

ポッキリとうつぎも折れし雪の日に取りし受話器が友の訃を告ぐ

神恩を畏む吾と実力を悦ぶ子あり、孫の東大合格

チューリップ隊

一列に三糎ほど発芽してチューリップ隊か雪消ゆ弥生

疑いを知らぬ柔らな頬寄せる嬰児と在り桜散る夕

吹き上げる新芽の色もそれぞれに里山日々にふくらみて初夏

限りある持ち時間なれ立ち居にも身の節々がきしきし痛む

目の前にひょいと降り立つ白鶺鴒尾を振りながら先を導く

緑萌ゆ庭の紅梅桃の子と見紛うばかりの果を実らしぬ

父さんとそっくり

次期宰相有力候補の石破氏と並み立つ息子にっこり映る

つくづくと写真に見入り父さんとそっくりと言う吾子も還暦

炎天の通院息子に手を曳かれ嫁の支えに運ばれてゆく

朝々のリハビリ散歩終えて飲むバナナジュースは朝の力

コンクリの塀もくぐりて咲き盛る秋明菊よ庭の二面に

その顔が仇似であっても殺すなと言える朝蜘蛛みずみず緑

梅花藻の白がてんてん花の季ひらりひらりと小魚が跳ねる

「おいしいか」背高き息子がそと手触れ骨の痛みも和らぐ気配

この頃は仕事の夢も稀と言う息子に思う負荷四十年

八十七年

花一輪又一輪に口付けて渡る黄蝶に陽よ穏しかれ

ぎっしりと並ぶ小粒の枝を垂る紫式部に午後のやわら陽

故郷の新米持ち来て初雪を指先二本で示す二糎

石井家で入院経験吾ひとり生きも生きたり八十七年

ソチ五輪フィギュアの町田を応援す倉吉はその母生まれし故郷

住み易さ全国五番の倉吉に生まれて暮らせりただ凡々と

紅梅が一輪二輪開き初む南のカーテン期待もて引く

志一途

真盛りの辛夷二本が暮れ残る与謝野夫妻のゆかりの湯宿

入口に真白のすみれ出口には自生のかたくり朱の花盛り

すっきりと街川に来し五月晴れ小魚忙しく川藻はみどり

並み立ちて両陛下より御言葉を賜びしよ春秋の間にて礼(いや)して

千代田なる森に自在な草や木を案内されつつ広く巡りき

志一途でありきわが夫よ従五位の額を遺影に添わす

ゆっくりと手足寛ぐ浴場に近く響きて救急車過ぐ

蜘蛛の子

微かなる呼吸あるらし急変の娘が数本の管に生かさる

唐突な大腸切断肺洗浄意識なき娘を唯々眺む

白き陶這う蜘蛛の子も潰し得ずかすかな呼吸に保つ生命思い

体外に在りし臓器を戻すのに四時間かかりたると医師言う

受話器来る声は確かに娘なり声震えおり耳に手に受く

オペの後昏睡続く娘の姿老いしこの身は眺めやるのみ

娘の異変八十八の身が替わりたし思いなずみつ一夜の長さ

一先ずは病落ち着く娘のメールあり声柔らかに息子が聞かす

米寿

コッコッと杖に寄る試歩追い抜きし青シャツ坊やが振り向いている

「おはよう」と交わした縁で友となりし若者が明日就職で発つ

玉川と街の小流れ出合う底一尺ばかりの鯰が潜む

新装の医院の塀を這いのぼる未だ幼きかたつむり二尾

女男(めお)二人産みし子恃みのんのんと生き来し吾か米寿来向かう

大型の台風かくかく来対うをテレビに観おりひっそりひとり

＊

掌に摑む砂粒ほろほろ零るごと八十九年来し方おぼろ

紫陽花も萩もさやかに彩もたぐ梅雨晴れの庭わたる蝶見ゆ

茶色めく蒲の穂綿のいじらしさひたすら夏めく空指しており

朝々を携えのぼる軽鴨は白い藻花に触るるともせず

解説

池本一郎

石井絹枝さんは私には長らく短歌に携わってきた同志のような存在であった。折々に第一歌集の刊行をお奨めしたが、いつもの遠慮ぶかい笑みを返されるだけだった。それが一昨年ごろから変化が窺われるようになったのは、ご子息夫妻が帰郷され、心に余裕が生じたせいだろうか。

歌集出版を決意され、昨年秋に部厚い歌集原稿が届けられた。選歌、構成、推敲などをお手伝いして、気鋭の歌人押本昌幸さんにも閲読してもらって、入稿できる形が整った。折も折、あとがき（ご子息筆）に「二月の大雪の日に、思わぬ火災に遭い…そのまま帰らぬこととなってしまいました」とあるように、何とこれが遺歌集ということとなったのである。

さて『相寄る家族』は、その名のとおり誰の目にも家族の歌がまっ先にかつ数多く飛び込んでくるであろう。例えば（ごく限定して）次のような作品をあげてみよう。便宜的にＡＢＣとする。

Ａ

二十三代　舅葬りて降りゆく故山は合歓の花盛りにて
わが運ぶ一匙ずつに唇を開く姑なりそののみどは赤く
母親になり得ざりしを低く言いコツンと義姉が割りたり卵

B

長女吾を恋い通い来し父なりき目元ににじむ泥の跡拭く
限られし命と知らぬ母と来て坂の夜桜振り返り見き
「母さんはこんなに小さかったんか」荷を肩にした子が先に立つ
かそけき夜こもれる吾に嫁ぐ娘は近況語るその目見ており
神様は知らぬ孫なり送りやる天満宮の合格祈願
踏み締めて立ち上がりたるひ孫なり歩み出でたり右左右

C

春雨に濡るる白壁夕暮れの倉敷市街を夫と歩くも
朦朧と闇に覚めつつ来る痛み抱え労わる夫の眼に会う
過ぎ来しの日も茫々とパリ街に夫と真向かいエスカルゴ喰ぶ

右のA群はいわゆる義によって結ばれた家族の歌。舅は石井家二十三代の当主。姑の歌は最も多く、嫁として介護に当たる作品が巻を圧する。義姉も重い病気で姑と同様、介護の歌が多くみられる。結婚した家を守るのは嫁には当然だったとしてもこれらは義務感を超えている。

Bはいわゆる血の繋がる家族の歌。実父は神官だったが、母の癌死ののち、三十年を一人で生活。その両親に慈しまれた長女の親への思いはいかばかりだったか。三首目の離れ住んでいた息子の歌は、歌集後半の定年帰郷の歌に繋がり、「冬晴れの町をジョギングで一巡り子は半白の頭より湯気」や「これはみな嫁が育てた花ですと黄や朱の花を仏に活ける」、「米寿なる歳が過ぎゆく音かすか秒針零時を越してするする」といった3人の閑静な生活が到来する。ただ「癌手術終えし」娘は終章で重大な病状に立ち至って、八十八の「この身は眺めやるのみ」と歌われる。「神様は知らぬ孫」の歌はユーモラス。「神恩を畏む吾と実力を悦ぶ子あり、孫の東大合格」もユーモア系の歌で、これらの歌は神官として神に仕えた父への思いが底に秘められいるとも読めるだろう。

さてCの夫の歌。本来Aの家族ではあるが、夫の存在はそれを超えて独特で、しかしBの血の繋がりはない。（一般的に言って）それなのに家族の頂点に立つ（妻も同じ）のである。本集ではふしぎなことに掲出の3首（佳作）だけが、〝今・ここにある〟夫の歌で、他の数首は回想歌や夢の歌にとどまる。絶対数が少ない上に、極めつけの死や葬の歌がないことに気づく。

ABCの多数の家族詠を読み返しつつ、二つの私見（仮説）が浮かびあがる。一つは、著者石井絹枝さんは「してあげる」人で、「してもらう」人ではないということ。身を尽して献身する歌ばかり多く、してもらう歌はわずかに息子夫妻の親切を喜ぶ歌以外には見当たらない。これは実生活の公共の場でも全くその通りであって、私たちはよく知っている。上品で謙虚で懇切で、何よりも人を第一にし自分を後回しにする人。——短歌や文芸など一しょに仕事をした誰もが感謝したことである。そしてもう一つの仮説は、夫は一人称の石井作品の多くにその存在が感じられること。海外のヨーロッパ旅行の大きな連作や中国の旅、国内の立山、沖縄、修善寺などの旅の歌は同行二人の歌であって、即ち夫の歌とも読めるのである（この点はたしか押本さんも同意見であったと思う）。夫の石井成海氏は二紀会の有力な画家で県展の審査員など巾広く活動された。旅先で啓発的な会話もあり知的な昂揚のうちに対象物を見て回られたと思う。それは日常においても同じで、そういう同行者として内在していて、表面上は歌に現われなかったということではないだろうか。

歌集中、家族の歌以外では洋装店を営む歌と旅の歌と短歌関係の歌が注目される。店の歌は著者にとって相当に大事だったようだ。その意味は利潤の追求というよりは、日々の自己確認の一場ということだったかと思われる。

ひと夏を集めし金で仕入れ終え揺れる夜汽車に身を委ねおり
来る年も商いするか廃業か集金状況測る年の瀬
ひしひしと吾は一粒梅田地下午前八時のラッシュに押され
同じ皮膚持つ異国語が溢れおり仕入れにと来し春の問屋に
店主店員合わせて二人のわが店を主張を掲げ労働歌過ぐ

こんな歌が目につく。呉服問屋の大阪船場の歌、店の顧客、青色申告といった歌があり、また店が昔語りの宿となる歌もあって、石井洋装店は一つの拠点だったようだ。町内やコミュニティの宿であり、社会へ通ずる窓であったと考えられる。また店の仕事は都会や外国人に接する場でもあった。細腕繁盛記よろしく店を維持していく中で、内部に一般の歌人にはない強靭さや柔軟性が培われたとみていい。

旅行の歌が多いのも本歌集の特徴の一つと言っていいが、ヨーロッパ旅行詠だけについて一言ふれたい。合計57首に及ぶ大きな連作である。ごく一部を引く。

イギリス人に舌はあるのか寂寞とわれは噛むなりイギリス料理
ロンドンに拾いし車の運転手マニキュア、イアリング、ショートカットの美女
石棺を浴槽にせしローマ人強者の傲慢苦笑を誘う
壮絶なゴヤの晩年「これでもわしは学ぶ」双手の杖に両足で立つ
「サンレミの狂院の庭」黒ならず赤ならずありもだえるゴッホ

なかなか独自の作品と思う。そこには夫君成海氏の見解や鑑賞眼も作品の背後

に息づいているように私には感じられる。

さてここで、石井短歌の経緯や作品について、ぜひとも書きとめておきたいと思う。本歌集の中ほどに、短歌結社「林間」の隠岐旅行の歌が登場するのだが、それは昭和62年の松江大会の翌日のようである。

余すなく吸いたし総身に言霊の溢れて木村師歌説き給う
甲板に額を寄せて聞く歌論隠岐路に触るる人らと共に

木村師とは「林間」の主宰の故木村捨録氏。昭和37年に倉吉市に来られ、既に会員だった故名越絹子さんに続いて、この時石井さんたちが入会されたという。この辺から石井短歌は本格的に立ち上がったようだ。「林間」の三朝大会は平成6年、木村師は亡くなられ、川端弘氏が主宰、市原克敏氏が編集長であった。私も参加し、川端・市原氏ほかの知遇を得たのである。石井さんは「林間」の鳥取支部長として（名越さん亡きあと）全国に活動の場を広げて行かれた。

葬送の後姿いたく細かりし苑美先生胸塞ぎ聞く
「原稿は市原宛に」とありし文字　宇宙へ逝かむ際の編集

「林間」は不幸にして木村・市原氏、そして川端氏も続けて逝去され、石井短歌にも大きな影響が生じたのは致し方ないことであった（苑美先生とは木村師夫人であると思われる）。

ところで名越さんの叔父に当たる故綾女正雄氏は、鳥取県歌人会や県中部の草分け的歌人と言えるのだが、窪田空穂―松村英一―千代國一といった中央歌壇の「国民文学」の師風を継承した歌人。早く昭和8年に同人誌「はまなす」を創刊され、超結社の短歌活動を主導された。後に名越・石井その他の人々（私も）が同誌の編集に当たったが、綾女氏の死後に休刊となって現在に至る。

ともあれ倉吉市を中心に高まった文学意識の中で、名越・石井さんらが推進力となって昭和44年に、超党派の「月曜短歌会」が発足した。大きな運動体であって、その後帰郷した私も含めて多くの歌人が参加し、合同歌集『投影』を世に送った（平成5年）。20名が28首ずつ提出（表紙絵は石井成海氏）。予想外の反響があり、文学運動の一環としてその役割を見事に果たしたと言っていい。『投影』のエッセイで石井さんは「悠久の歴史の中で一粒の私の人生等ほんの一瞬の関りでしかない」と書かれていて、今となってはしんじつ悲しい。
この歌集には石井さんの盟友たる歌人が何人か登場している（今はみな故人）。

暑き日に訪い来し友は歌集置き言葉少なに帰り行きたり
村尾和子さん

『白木蓮』は浅村八重子さん第三の歌集にて県の文化賞うく
霧動きくちなし匂うこの夕べ名越絹子さんをしきりに思う
遺歌集の『鳥取砂丘』ずしと受くまっ直ぐな声耳にもどり来
明石菊江さん

なお村尾さんには『爐中火』、名越さんには『くちなしの花』という歌集が残されている。
石井さんの短歌活動（貢献）は広範に亘り、他にも県歌人会の副会長、「倉吉文芸」

の長期の編集委員、日本歌人クラブの委員など、書き出せばきりがないが、私は短歌活動の上でずいぶん助けられたと、改めて思い返すのである。

本歌集の石井作品は、多くは穏健な正統作品と言っていいが、少々自在な作も面白い。

海底に続く風紋追いゆきしカメラが烏賊の恋を見ている
下り坂駆け過ぎてゆく少年のジャンパーの肩火の匂いする
ホースよりにわかに自由を得し水が噴く噴く空に輝きながら
再訪はきっともう無い酸い、甘い、花の最中のコーヒータイム

などの表現意欲や試行に拍手を送りたい。戦争詠や社会詠にも見るべきものがある。

最後に、大切なことを大書しておかなければならない。歌集後半に「姑と義姉を十年余り看て送り気づけば真向かうわが時がある」という一首があり、これは

ＡＢＣ家族詠の中の一大転換点として特に注目されていい。「してあげる」立場をようやく脱して気づけば、はやわが時が真っ向から迫ってきていたというのである。そうだ誰にも「真向かうわが時がある」のだ。読んで粛然とし、石井さんの生の箴言にただ頭を垂れ、あらためて思いを深くするのである。

あとがき

この度、池本一郎先生、押本昌幸さん等のご協力により、母、石井絹枝の歌集『相寄る家族』を上梓する運びとなりました。これも今までお付き合いいただいた歌人の皆様のお蔭だと深く感謝申し上げます。

母が長く歌に関わり、自分の世界を充実させていたことは、時々帰省した折、強く感じていました。

父が亡くなってから凡そ二十四年の間、母は実家を守り、歌を友として暮らしてきましたが、母が短歌を始めたのは、おそらく私が中学生の頃だったように、記憶しています。

店の商売も忙しく、また父の来客のもてなしも大変で、いつもバタバタと立ち働いていました。そんな時の母の慰めが歌作りだったようです。その頃、故綾女正雄先生や故名越絹子先生のお勧めもあり、「月曜短歌会」での勉強会や同人誌「林間」に投稿することが、母の自分の時間を取り戻すことであったように思います。

私は十八歳で大学に進学、卒業後もすぐに就職し、倉吉へ帰ることは盆、正月くらいのことになってしまいました。ですから母の短歌の世界のことは、あまり詳しくは知りません。帰省した折、たまたま目にする「林間」や県の文芸誌で母の歌を読み、短い感想を言うぐらいのことでした。それに対して母は余り多くを語ることなく、ただニコニコとして私の感想を聞いていました。

父が亡くなってからは、母は歌とともに過ごす時間がますます増え、「林間」の全国大会やお付き合い頂いた歌人の皆様との歌会で全国あちこちを巡ることが一番の楽しみのようでした。そして私が退職した時は妻と一緒に倉吉へ帰り、三人で一緒に暮らすことをいつも願っていました。

この度の歌集を読むたびに、そんな母の気持ちが強く伝わってきます。

私たちが六十歳になり定年退職を迎え、倉吉へ帰ったのは、平成二十四年六月のことですが、その頃、母に今までの歌を整理し歌集を出さないか、と勧めたことがあります。その時は、母は歌集を出せば、いろいろとご迷惑を掛ける人もいるからと言って、歌集を出すことには余り気乗りがしなかったようです。それが九十歳になり心境にも変化があったようで、今までの自分の人生を自分の家族に知ってもらいたい、それで家族向けに十部くらいの歌集を作りたい、と言うようになりました。その頃は「ディサービスなごみ」さんのお世話にもなっており、そこから帰ると自分の部屋に籠り、毎日、これまで書いた歌の中からそんな歌を選んでいました。そうこうする内、母はしっかりした歌集を作りたいと思うに至ったようで、池本一郎先生に歌集の出版について相談するようになりました。先生から歌集を作るには最低でも五百首以上の作品がほしいと言われ、それからはますます短歌の世界に没頭するようになりました。ディサービスから帰ると、母が歌を詠み、私がそれをＰＣで清書するという日が一か月余り続いたでしょうか。その頃の母は生き生きとしており、また私も母の歌の世界を少しながら知ることができたと思っています。

漸く原稿が出来上がり、池本先生に原稿をお届けすることになりました。それから何度もやり取りがあり、歌集出版の準備に時間をかけて完全を期しました。母はディサービスに出かける前は、こんなに面倒をみて貰い、いつも「幸せだ」とつぶやいていました。また家族揃っての食事の度も「幸せだ」とつぶやいていました。何より夕食時に三人で小さなグラスにビールで乾杯することがいつも嬉しそうでした。

　そんな平凡な毎日を過ごしていましたが、今年の二月の大雪の日に、思わぬ火災に遭い、母は歌集の完成を見ることなく、そのまま帰らぬこととなってしまいました。しかし幸いにも原稿が池本先生の手元に残り、この度の歌集『相寄る家族』を完成、出版することが可能となりました。内容の良し悪しは私どもにはよくわかりません。ただ、母の思いを実現することができたことが、何よりの母への供養だと思っています。

　ここに至るまでには、池本先生をはじめ、本当に多くの人にお世話になりました。また出版に際しては青磁社の永田淳様に一切をお願いしました。これまで母とお付き合い頂いた皆様方、そして出版に携わって頂いた方々に改めて深く感謝申し上げる次第です。

平成二十九年六月

母に代わって　石井　康史

歌集　相寄る家族

初版発行日　二〇一七年八月十五日
著　者　石井絹枝
鳥取県倉吉市宮川町一七七―二八（〒六八二―〇八八一）
定　価　二五〇〇円
発行者　永田　淳
発行所　青磁社
京都市北区上賀茂豊田町四〇―一（〒六〇三―八〇四五）
電話　〇七五―七〇五―二八三八
振替　〇〇九四〇―二―一二四二二四
http://www3.osk.3web.ne.jp/~seijisya/
装　幀　浜田佐智子
印刷・製本　創栄図書印刷

ISBN978-4-86198-386-3 C0092 ¥2500E